해가 지면 울고 싶다

| 문형렬시집 |

해가 지면 울고 싶다

시집을 내며

세상 속으로 한 발씩 걸어가면 태양처럼 슬픔이 솟구쳐 올랐습니다.
땀을 뻘뻘 흘리며 나는 꽃이 터져나듯 달아나는
그리움을 이정표 삼아 쌍봉낙타처럼 걸어갔습니다.
그곳이 사막이든, 초원이든, 눈 내리는 얼음길이든.
세상 깊이 걸어갔습니다.
너무 세상이 깊어서 스스로마저 보이지 않을 때에는
바다로 뛰어드는 강물에 물어보고 산으로 달려드는 눈보라에
물어보고 등이 굽은 제 그림자에 물어보며 시를 쓰고,
혼자 기억의 서랍에서 푸른 꿈처럼 꺼내어 보곤 했습니다.
멋모르던 스무 살 때부터 드높게 살고 싶은 날들과
용기를 품고 떠난 날들이 고스란히 자라서
여기, 나무처럼 서 있습니다.

푸른 꿈의 상처를 온몸으로 품어서
어느 날, 보석처럼 빛나기를 기다리는
당신에게 이 시집을 보냅니다.

2013년 가을에
문형렬

차례

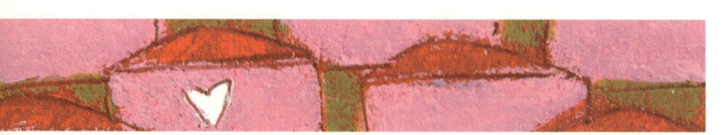

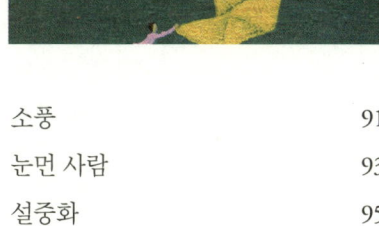

복사꽃 피는 봄날에

복사꽃
피는
봄날에

너와
나는
또 맹세했네

땅에서
하늘에서도
사랑한다고

복사꽃
다
지고

우리 모습
간데
없어도

아픈 줄도
몰랐네

나무의 사랑

얼마나 그리우면
제 몸 갈라
혼자 서 있나

너를 바라보는
내 모습이
나무 같네

기다림에 지쳐
먼저
몸 눕히지 않는다고,

별을 불러 말 전하고
나이테 따라 불붙어서
재로 돌아갈 때까지

정림사지5층석탑

다음
세상에는
너로 태어날 거야

너로
살고
살아서

너 앞에 선
나를
단박에 알아볼 거야

괴로움의
두 층은 허물고
─삼층석탑으로 서서

이 슬픔
알게
할 거야

해가 지면 울고 싶다

너는 알겠지
속도 모르고 해가 지면
왜 강물은 반짝반짝하는지
기다리는 사랑은 또 얼마나 흘러가야 하는지

너는 알겠지
한발 다가서면 더러움으로 흐르는 강도
멀리서는 저렇게 붉게 일렁여
한 생애를 지나가는 것을

더러움이 아름다움을 가릴 수 없는 데도
붉은 노을이 지면
저 더러움도 스스로 빛나
우리 가슴으로 흐르는 것을

내가 너의 속을 알고
네가 내 속을 알아서
더러움과 아름다움,
그 말없는 하루의 길에 서서
해가 지면 끝없이 소리없이 울고 싶다

쌍봉낙타

어제, 나의 슬픔은
쌍봉낙타가 되었습니다

이제 아무도 나를 알아볼 수 없습니다
나는 낙타의 발로 외치며
당신을 찾으러
기억에도 없는 사막으로 갑니다

푸른 우물을 입에 물고
아주 오래된 내일부터
아주 먼 오늘까지

당신은 나를 안을 수 없다 해도
나는 당신을 등에 태울 수 있으니까요

사랑이 끝나기 전에

사랑이 끝날 때
지는 꽃잎은
지상으로 가는 길을 잃어
공중에 멈추고,
해는
붉게 울어
지기를 멈추네
너에게 갈 수 없어
허공으로 전했던 무수한 그리움들은
스스로 배를 갈라
눈앞을 막아서네
울지 마라,
길을 막지 마라,
너를 사랑한다고 외쳤던
그 모든 약속은
사랑이 끝나기 전에 이를 수 없으리

천리향千里香

내가 없어져
네 슬픔을 구할 수 있다면
창자를 가르는 아픔은 아무 것도 아니다

너 밖의 어떤 것으로도
그 어떤 천사도
치유할 수 없는 상처의 꿈들로

천리향
하나, 하나, 하나
핀다

꽃의 축복

한번이라도 피었다 죽는
꽃이었으면 좋겠네

어느 날 한번 피었다가
영영 져버려도 좋겠네

물만 먹고 아름다운
축복도 축복이려니와
한순간 피어 있음은 또 얼마나 아찔한 지

이미 말했네
피어 있는 저 괴로움을 지나

툭 지는
참혹함도 힘껏 껴안겠네

내가 너를 껴안음도
네가 나를 껴안음도 거역하지 않겠네

산벚나무 아래

산벚꽃이 피었다
사람들이 갑자기 없어지고
빈 집처럼
산벚나무 아래 앉는다

산길 아래
보였다가 숨어버리는
네 모습 따라 산벚꽃 따라가고

꽃이 멀어지니
덜 아프고
덜 그리워라

기다리는
나는 없어지고

빈 집에
산벚꽃이 푹푹 빠진다

흰 눈

동백꽃 떠난
허공까지
동백나무 흰 눈이 따라 오네

가슴을 꼭 쥐고
나는 동백나무처럼 서 있네

비로소 알겠네
동백나무가 왜 몸을 비트는지

일생,
울음처럼
집 밖에 서 있는지

종이 꽃길

수척한 몸처럼
그리움은 너를 향해 선다
네 얼굴 봄꽃처럼 쓸쓸하셔라

어둠이 눈부시고 슬픔도 화려했던
나, 한점 깨달음도 던지고
보이지 않는 네 얼굴을 안는다

돌아오지 않는 봄날에
공중에 흐르는
네 치마 자락을 꼭 잡는다

금강석같은 사랑도
종이꽃처럼 날리는구나

산화散華

나, 지금
세상에 다시 태어나

인적 없는 산 속에
한 송이 꽃으로 있겠네

혼자 피었다가
때가 오면

열매도 버리겠네
꽃을 피운 흔적마저 잊어버리지

열매는 꽃을 모르고
꽃은 열매를 기억하지 않네

꽃이 없어지면
나도 없어지고

잠시 잠깐

꽃향기만이
천지를 헤매이겠네

나무

밤에도 참선을 멈추지 않으시더니
기어이 적멸寂滅에 드셨군요
몸은 잠시 불꽃으로 보여주다가
재가 되시네요
언제, 환생해도 모르시는 척
재마저 참선에 드시니
바람에 날리는 마음들만 찬란하군요

혼자 남아
절벽에서 한 걸음 내딛으니
온 세상이 폭포수처럼 퍼붓는 그날,
이 몸도 부르셨는지요?

허리를
도끼날로 쳐 봅니다

망설춘사望雪春寺

내
몸에
절 하나 지었네

내
가슴을
절개했던 그 자리에

오래
미워하고
오래 그리워했던

저 눈보라 속에
저 우주 속에
절 하나 지었네

한없이
눈이 멀어서

홍수洪水처럼
약속처럼

내
운명을
절개했던 그 자리에

봄날처럼
당신을 기다리는
절 하나 지었네

망
설
춘
사

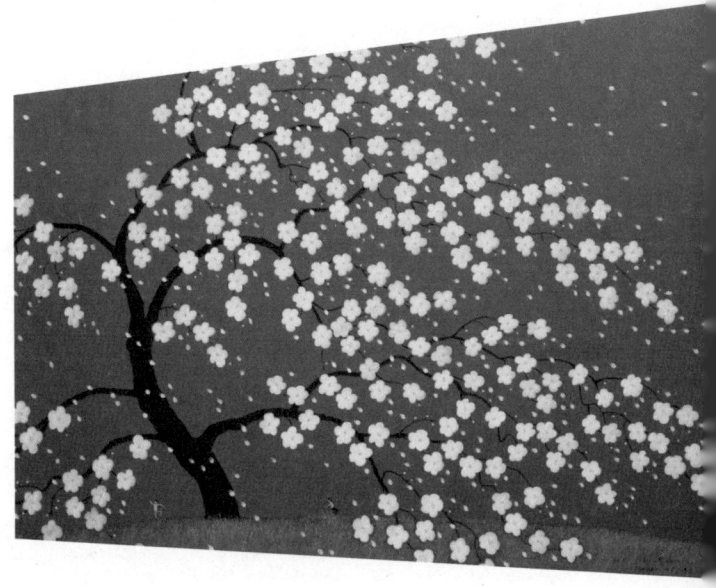

강물에 물어보라

내 슬픔이 얼마나 큰지는
바다로 뛰어드는 강물에 물어보라
내 그리움이 얼마나 푸른지는
산으로 달려드는 눈보라에 물어보라
어둠 속에 불 밝히는 것은
잠 못 이루는 짐승들만이 아니다
그리움도 깊으면
스스로 불붙어 몸을 밝히고
숲에서 세상 마을로 떠나는 모든 바람은
내 고백의 목소리이다
산과 바다에 눈보라 치고
나는 저 지워진 눈길로 찾아들어가
흰 나무로 서서
얼마나 기다리면 뿌리내리고
스스로 불붙을 수 있는지
짐승처럼 묻는다
숲이 노래를 멈추고
강물이 더 이상 흐르지 않는다 해도

모든 첫사랑

글쟁이 김수경에게

한번도 너를 잊지 않은 적이 없다
모든 사람이 너로 보여서 잊고
너밖에 아무도 보이지 않아서 잊는다
열아홉 살 건너 스물 넘어 서른 살 지나
추억에도 굳은살이 박히고
우연한 만남도 믿지 않게 되었지만,
하늘 아래
흔한 것들마저 달라진 게 없는데,
얼마나 가혹했기에
잊혀진 채로라도 한번 스칠 수 없는지
사랑했던 날짜를 찾아볼 수 없는지,
단발머리 나풀거리던 거리에는
옛것처럼 어둠이 오고
수십 년이 지나가듯 꽃이 지나간다
얼굴 붉히며 기다림을 감추기만 했던
가슴 울렁이는 시절들은
아직도 맨발로 달려오는데,
문득 멈추어서고 돌아서서 기다리면
한번 본 적도 만난 적도 없는
단풍나무처럼 달콤한 얼굴이
나를 모르겠느냐고 어깨를 친다
잊지 않은 적이 없으므로 외로웠고

외로웠으므로 외로울 수 없었던
인생은 그렇게 흘러간다 해도,
지상에 없는 슬픔이 무엇인지
지상에서 다 배울 수 없는 그리움이
여전히 우리를 기다리고 있다고,
새벽바다 풍경처럼
가슴 저미는 손을 내민다

나는 어쩔 수 없어요

나는 다 알아요
당신이 왜 떠났는지
나는 다 알아요
왜 당신은 돌아오지 않는지,

하지만 나는 어쩔 수 없어요
미래와 희망을 다 잃는다 해도
나는 과거를 잃을 수 없어요

해 그림자 지나 눈앞이 깜깜해도
내게는,
내 가슴 저 깊이에는
언제나 꽃잎보다 환한 날

마음도 몸도
아득히 눈 멀어가도
다가올 날들을 어찌 두려워 할 수 있나요?
모든 길이 떠내려가도

나는 떠내려가지 않아요
꽃잎보다 밝았던 날들이 진다 해도
내 살갗에 새겨진
당신의 모습 하나하나는
어디서나 눈부셨어요

오직, 나의 푸른 과거가
당신의 미래에 등불이 될 수 있다면
소리 없이 타오를 뿐,
나는 어쩔 수 없어요

흰 비, 붉은 눈발

꽃이 피면
당신은 돌아오시겠지요
꽃이 지면 당신은 돌아오시겠지요
봄이 가고
당신은 돌아오시지 않아도
세상의 꽃들이 다 떨어진다 해도
나는 푸른 나무 아래 남아서
세상 밖의 봄날을 기다립니다

비가 오면
당신은 돌아오시겠지요
눈이 오면 당신은 돌아오시겠지요
여름 가고
가을 지나
겨울 가 버리고
당신은 결코 돌아오시지 않아도,

저 해가 다시 떠오르지 않는다 해도
저 달이 다 부서져버린다 해도
나는 흰 비,
붉은 눈발을 고요히 받쳐 들고
우주 속에서 당신을 기다립니다

키 작은 나무

계절은 무거운 꽃나무 숲을 버리고 갔다
향기마저 가버린 길을 보며
더없이 가벼운 몸을 데리고
나는 너의 공중에 혼자 맹세한다
언제나 떠나지 않으마,
계절처럼 떠날 수도 돌아올 수도 없는
니는 키 작은 나무로 서서,
조금 아픈 다리와
조금 낮은 눈으로 세상을 보며
네가 다시 돌아올 때까지
기다리고 서서,
울음이 있더라도
스스로 거둘 일처럼
키 작은 나무는
제 몸을 붉은 먼지처럼 껴안고,
홍수 같은 그리움들이 뿌리를 지나가고
눈이 내리고 가지가 부러져도
없는 기다림처럼
말없이 튼튼한
나는 너의 키 작은 나무

불멸의 길

너는 가고
노란 개나리와 붉은 목련이 얼굴을 덮는다
마른벼락이 치는 발길에는
지난겨울의 동상凍傷이 서려 있고
다시는 너를 찾을 수 없어라
얼룩진 복면을 쓰고
봄은 건너 자꾸 오는데
벙어리처럼 믿었던
불멸의 길은 어디로 떠났는가?
일시에 져버린
꽃들의 주검 속에 네 얼굴이 있는지
황사로 뒤덮인 길 속에 네 목소리가 있는지
이제는 찾아볼 수 없어라
남루한 불멸이여
언젠가 기억마저
늙고 병드는 세상이 오면
비탄의 한 가운데 못 설 이유가 없으니
늙은 불멸이여
그때 나는 흔적조차 없이
보여 주리라
미친 꿈으로 황금가면을 쓴 내 사랑을
불멸은 기억할 수 없고
기억나지 않는 그 어떤 순간임을

외로운 사람은

외로운 사람은 귀가 밝아져 가네
푸른 날 언덕에 가만히 엎드리면
세상은 크고 어둠은 깊어라
오늘도 당신은 아니 오시고
천지에는 휘날리는 그리움
아, 봄날은 하늘처럼 높아서
가슴마다 무너지네
나는 물을 따라 한없이 걸어가네
당신은 오늘도 아니 오시고
외로운 사람은 귀가 멀어져 가네

외로운 사람은 눈이 밝아져 가네
푸른 날 언덕에 말없이 엎드리면
어둠은 크고 세상은 깊어라
오늘도 당신은 아니 오시고
천지에는 울부짖는 그리움
아, 세월은 별처럼 떠올라
가슴마다 쏟아지네
나는 물을 따라 한없이 걸어가네
당신은 오늘도 아니 오시고
외로운 사람은 눈이 멀어져 가네

회색양복

너 듣고 있니?
너 알고 있니?
겨울이 깊으면
봄은 더없이 화려하리라고
나는 잘못 믿었어, 잘못 배웠고 잘못 알았지
혼자 회색양복을 사 입고 거리를 걸어가면
너를 사랑한 날들이
봄날 가득히 눈을 치고 말아
너 듣고 있니?
너 알고 있니?
이제 거리에는 아무도 없다
우리가 잘못 사랑한 날도 소중하지만
잘못 헤어진 날도 소중하겠지
아무 계절도 내게는 필요가 없고
나는 회색양복을 걸치고
막다른 봄 속으로 걸어갈 뿐
그곳에 이르러 다시는 돌아오지 않는다

회색양복도 언젠가 구겨질 것이고
닳아서 입지 못하겠지
그러면 나는 먼먼 봄날에
다시 회색양복을 사 입고
아무도 없는 거리를 걸어간다
너 듣고 있니?
너 알고 있니?
너 아직 날 사랑하고 있니?
봄날 깊은 그늘 속으로 꽃처럼 되물으며
떠나는 봄 앞에
초라하게 보이고 싶지 않아서
양복 깃에 내리는 누런 먼지를 털고
봄날 속으로 빠르게 사라진다
봄이 무슨 잘못이 있겠냐만
봄은 가면 기약이 없다, 회색양복

근심을 보며

스물 아홉 살은 그래도 좋았지
하루 세 끼, 어두운 밥그릇 앞에서
마음만은 편하였으니
찾아오는 눈물만으로도 배불렀으니

어쩌랴
내 아예 서른에 올라
보니, 두 손에 빚만 가득하도다

돈을 벌고
손에 먹이를 들면
머리에 쇠똥은 절로 벗겨지는
적막강산寂寞江山

이미 뜻을 세워 우뚝 설 나이에
이것이었느뇨?

서른 이후

더 이상 묻지 않았다
이렇게 살 수도 없고
이렇게 죽을 수도 없을 때,
서른이 온다고 해서
뛰어내릴 수도 없고
뛰어내리지 않을 수도 없는
그리움에는 바짝 다가서지 말자고
공원에서 기차에서 거리에서
스스로 타이르면서
혼자 이유 없이 몇 번이나 울고,
행복은 달콤하고
쓸쓸한 혼란일 뿐이라고 믿었다
그러나 이렇게 살 수 밖에 없을 때
마흔이 와서
현실은 실종된 꿈처럼 달려가고
이렇게 죽을 수밖에 없을 때
고독한 얼굴로 쉰이 찾아오는 인생이여,
불가능한 일은 일시적이니
지나면 그만, 시달리지 말자고
큭큭 타이른다
비누 같은 기쁨이나 문지르면서
여기저기 기웃거리며 흉내 내었던
모든 순간마다 안녕,
서른 이후, 어디서나 객지니까
실수할 기회는 아직 많이 남아 있고
이별을 감출 기회는 더 많이 주어지겠지

누구처럼 살면 행복할까

강물 따라
별님들이 시끄럽게 흘러간다
푸른 집도
붉은 해님들도, 흰 달님들도
떠내려간다
저무는
강가에 앉아서, 서서
한 가족이 도란도란
얘기한다
어떻게 사는 것이 행복한 삶인지
목소리 사이로 강물이 밀려들어오고
눈물 반짝이며
별님들이 되돌아본다
해님들도, 달님들도
누구처럼 살면 행복할까?
달박달박 입속으로 소리 내는데
빚에 내몰린 한 가족이
손을 잡고 어깨를 맞대고
밤새워 이야기한다

동화책 읽는 밤

아들이 동화책을 읽는다
얼어붙은 길을 가만히 걸어서
빠르게 집으로 돌아가는 겨울밤
담 너머 어둠은 새처럼 찬데
마귀할멈에게 혀를 버리고
두 발을 얻었던
인어공주의 바다 속으로 걸어가는 밤
아픔은 언제나 견딜 수 있고
밤은 별보다 더 밝으니
귀에 대고 귀에 대고
별들이 동화책 읽는 소리를
자꾸만 흉내 낸다

64

별에서 별까지

얼굴을 베개에 묻고
잠들면
나는 이 지상을 지나
어느 별로 떠내려간다

은하계 지나서
다른 별에서 별로
쉼없이 이마를 부딪친다

베갯머리 가득
둥근 우주 속,

태양의 폭풍에 난파된다 해도
물거품 가슴에 아파하지 말고
나, 쉴 수 있으리
나, 울음이 없으리

저 별은 멋도 몰라

회사에서 집까지 가면
별이 타박타박 뒤따라 온다
문을 열고
지친 꿈처럼
이불을 뒤집어쓰면
제 먼저 이불 속으로 들어선 별이
꿈 속까지 흐르는 강물로
치식치식 뛰어든다

회사에서 집까지 가면
집을 지나 자꾸 걸어간다
도대체 여기가 어딘가?
소스라쳐 돌아서는데
멋모르고 따라나선 저 별이
불덩이 얼굴이 되어
주르르, 쏟아져 운다

정말 저 별은 멋도 모르네

공후인箜篌引에 붙이는 노래

내 살던 옛집에 돌아오니
사철나무 여전히 푸르고 라일락은 향기롭도다
그 나무 푸르고 향기롭듯
캄캄한 방문을 열고 불을 켜니
구석구석 홀로 숨겼던 별들만
먼지를 뒤집어쓰고
옛주인을 원망스럽게 바라본다
나는 이제 무심한데
너희들은 아직 잊지 않고 있었는가
불을 끄고 어둠에 파묻히니
별들이 희미하게 소리를 낸다
오호라, 오호라
저 강을 누구와 건너시려나
저 강을 건너지 마시라고 해도
임은 그예 돌아오지 않으시고
기어이 물속까지
따라 가버린 청운의 꿈을 좇아
공후 한자락 높이 부른다
임아 저 강을 건너지 마소
임은 기어이 강을 건너시니
그예 물에 빠져 죽고 말으셨네

일몰

언덕에 앉았네
호수에서
얼음을 지치는 사람을 보았네

그는 혼자 휘파람을 불고 있었네
무슨 곡조인지 알지 못하면서
나도 따라 한 유절씩 휘파람을 불었네

어둠이 내리고
휘파람 사이로 얼음판을 빙빙 도는
그가 문득 사라졌네

누구의 것인지
푸른 척수가 내 손에 묻어나왔네

나는 알 것이네,
오랜 뒤에

나 또한 얼음판을 빙빙 돌며
휘파람을 불다
저무는 세상 사이로 지쳐 들어가겠네

봄 꿈

아버지

살점이 떨어져 나가듯
흰 목련 꽃잎이
지다

저 드넓은 꽃잎에 누워
나는 가슴의 칼
버리고

흰
나비가 되어
푸른 하늘을 휘날리는데

——다시는 돌아오지 않을 테야!

꽃잎 홀로
꿈의 마을로 달아나 버린다

신발의 행방

오현 스님 행장기

무산霧山 공중에
누가 점 하나 찍어 놓고
그 안으로 쑥 들어가더니
문을 열고 나와 신발도 안 신고
바삐 사라지네
아래 밤에 방 문고리를 잡고
흔드는 소리가
허공을 내내 울리더니
오늘 새벽에 누가
신발도 벗지 않고 방 안으로 사라지네
알 수 없지,
문이 없으니 들고 남도 없고
밤새 문고리 잡고 흔드는 소리
들을 까닭도 없네
그러니 있는 산들도 안개처럼
공중에 점 하나 달랑 찍고
뭇 그림자들이 바쁜 듯 흉내 낸다 해도
알 바 없지
그래도 신발은 찾을 수 있을 것이네,
문고리 잡고 뒤흔든 그날부터
환한 밤마다
아득한 날 새벽까지
소리마다 한 점, 공중으로 떠올라
빈방 문 앞에 나란히 놓여 있던 흔적을

김근태 작, 3000송이 꽃으로 그린 눈물. 종이에 꽃잎 채색.

환쟁이 김근태

주인은 가고
산기슭 오두막

빈 집에 봉숭아
지고 핀다

왜 늙기도 전에 사람은 떠나고,
붉게 매달린 감은
누가 따서 곶감으로 매달아 두나?

산에 안기는 것은 따로 있는지
불두화는 검게 타고
맨드라미는 저물었다

누가 밭을 갈 것인가

화촌華邨형님

집들은 남쪽으로 향해 있는데
새들은 북쪽으로 떠났다
귀거래혜歸去來兮, 귀거래혜歸去來兮
일만 권의 책보다
일만의 일만의 봄보다
저 창공에 찍힌 새들의 발자국들은
빠르고 아득한 그리움처럼
예서체로 해서체로 쏟아져 내려
다시 회오리쳐 솟구치며 묻는다
남은 밭을 누가 갈 것이며
누가 소여물을 줄 것인지,
벼루의 먹은 누가 갈 것인지,
홀로 대답 없는 손 맵시는
한풍寒風, 매화 속에서 그윽히 움직인다
북쪽은 차고 남쪽은 따뜻하나
길은 멀지 않고 다함이 있으니
고요히 고개 숙여
다시 무엇을 의심하랴
남쪽을 향한 집들과
북쪽으로 떠나는 새들을 화선지에 불러 모아
환 획, 한 획 선사하노라니
천지의 꿈은 다함이 없다

너를 전하다

환쟁이 이영철에게

흐르는 꽃잎을 들고
너는 자꾸 길을 물어 본다
혼자 기다리는 나무와
짐승처럼 기다림끼리 모여선
숲으로 들어가서
너는 어깨를 대어보고
그 기다림의 높이와 흔적을 따라 간다
인연은 봄꽃 같고
사람의 얼굴과
바람의 얼굴과
하늘의 얼굴을 너는 혼자 쓰다듬는다
네 손 끝에 뒹구는 땀방울이
붉은 강물로
찰랑이는 모든 언덕에서
네 속의
네 속의 속의
꽃들이 바람들이 짐승들이
너를 향해 서서
우리를 어디로 떠나보내려 하는지
너에게 자꾸 길을 묻는다

도미니카에는 눈물이 없다

강은 바다로 가서 돌아오지 않고
나는 너에게로 가서
돌아올 길이 없구나
지난 길은 낭떠러지가 되었고
눈앞은 흔적 없는 얼음길
너의 이름을 부르지만
떠나버린 생애만이 나를 물끄러미 본다

그래도 좋다
그리움만으로 드높게 살았으니

이제 마약보다 아름다운 나라로
가자, 도미니카
도미니카에는 눈물이 없다

84

타클라마칸

좀 더 넓은 봄으로 떠나가자
타클라마칸,
그곳에는
말 없는 나의 생애
다소곳이 머리 풀고 기다리고 있으리
너무 넓어서
찾을 수 없는 봄날,
살아서 돌아올 수 없어
죽어서도 돌아올 수 없는
내 사랑이 유배를 떠났던 곳,
내가 유랑했던 곳,
내가 울부짖었던 곳,
가자, 내 사랑이 미라가 된다 해도
찾을 수 없는 곳까지 달려가면
나는 너를 찾을 수 있으리

작별

작별의 소식이 왔습니다
이미 알고 있었지요
보고 있어도 보고 싶고
오래 보고 있어도
처음 보았던
그 모든 순간들은
작별의 기회를 주지 않는다는 것을
다음 약속은 필요 없습니다
산책을 나가는 사형수처럼
전화가 툭 끊어지듯 작별은 예고가 없고
나는 자작나무 숲을 떠나
만년설이 쌓이는 산을 넘어
계절도 따라오지 않는
휘어진 시간을 따라 갑니다
태양계 넘어
그 어디선가 모든 평행선은 만나니까요
그리움은 거리가 없으니
그곳은 여기서 전혀 멀지 않은 곳,
보고 있어도 그리웠으므로,

보고 있어도
남김없이 볼 수 없었으므로,
천상의
모든 별들이 서로 껴안아 빛나고
지상의 모든 등대들이 불을 밝힌다 해도,
소리쳐 뒹굴었던 몸의 슬픔보다
한 조각
지옥 같은 그리움보다 더 어두웠으니까요
화려한 보석처럼
작별의
저 목소리가
뚝, 뚝 펼쳐질 때
지는 꽃잎은 일제히 일어서
떠난 자리로 돌아가고
나는 비로소 눈부신 당신의 모습을 새깁니다

나는 잊혀진 너였네

내가 얼마나 보고 싶어 하는지 모르시겠지요
한 조각 연락이라도 왜 하지 않느냐고
꾸짖으시면
설움이 입 안에 녹아 박히는데
풍설風説로도 소식을 전할 수 없음을
어찌 짐작하지 않으시는지요,
물살 같이 떠내려가는 정분을
잡을 수 있다 해도
쪽빛보다 더 푸른 얼굴을 뒤로 하고
길을 떠나고 마는 뜻이 있었겠지요
우리의 약속은 불같이 가버렸습니다
먼먼 타국의 유배지처럼 서서
거리마다 유리창에 비친 초라한 내 모습을
흘낏 보며 소스라칩니다
회화나무 꽃잎이 부딪치던 눈앞을
질척하니 막아서던 울긋불긋한 설움들이
붙잡고 늘어지던 것들이
무엇인지 알지도 못했으니,

그리움도 보고픔도 다 놓쳐 버리고
나는 외눈박이가 되어 붉귀신처럼 바라봅니다
정말, 다 아시지요?
겉으로 모른 척하시지만 모르실 리 없었겠지요?
똑같은 설움도
날마다 모양과 색깔이 다르니
무슨 재주로 익숙해지겠습니까,
눈앞에 닥치는 풍광風光은 지천으로 쌓여서
무너지고 타오르고 얼룩지고
녹아나는 심사들이
눈을 밝히며 소리를 냅니다

나는 잊혀진 너였네

소풍

길고 긴 꿈을 꾸었어요
개울 건너 들판 지나
소풍을 가고 있었어요
패랭이꽃이 물감처럼 번진
언덕에 앉아
당신은 웃고 있었어요

나는 가슴을 북처럼 치며
신나게 노래를 불렀어요
이상도 해라,
아프지도 않고 슬프지도 않네

꿈 속에서 당신은
붉은 나무처럼 사라지고
그 길고 긴 날짜들이
노래 소리 따라
꿈 밖으로 길을 만드는데

길이 끊어지지 않도록
나는, 나는
나는 북치는 소년처럼
꿈 속에서 노래를 부르고 있었어요

눈 먼 사람

슬픔은 점자책 같습니다
눈 감으면
쏟아지는 별처럼

나는 점자로 쌓아올린
탑으로 서서
당신을 부릅니다

눈보라 쌓이는
소리로

수직으로 탑 가르는
소리로

설중화

어머니

설중화 어디 있나?
나, 여기 있다

그래도 모르겠다
설중화 피었는데

등에 지고 가나
머리에 이고 가나

배에 넣고 가나
설중화

눈보라 치니
임이야 모르시지

나는 다 알겠다
설중화 피었다

설중화
어디 있나?

나무의 말씀

굶어 죽는
사람은
얼마나 무서울까?

눈물 젖은
빵을
너무 오래 먹네

검은 모래, 흰 바람은
쉬지도 않고

구덩이보다
먼저
무릎 꿇은 슬픔은

나무의 환한 말씀
세상 모든
집이네

오랜 입맞춤

나를 가둔 창살을 넘어
공중으로 날아가면
더 이상 치욕은 없을까
대지는 숭고하고 상징은 외롭다
지상에 없는 기다림은
이제 괴로워하지 않으리

죽음보다
더 위험했던 생의 순간들이여,
태양과 달의 거리에서
날개에 불을 붙여
시든 들꽃처럼 울고 있는 천사여,
나는 아무도 알아볼 수 없는
희망의 얼굴
꿈꾸었던 우주의 비행사,
별의 폭발로 얼굴을 그어대던
현실의 또 다른 이름이었으니

천사여, 모든 슬픔의 눈동자여
태양의 흑점처럼
잊지 못한
기억의 입맞춤은 아무 것도 없으니
무방비로 맞섰던 울분도 고독도
이제 나를 떠나가겠네

너무 오랜 입맞춤

치욕을 유폐한 성벽에 기어올라
불타는 숲으로 날아간다
지상에 없는 기다림은 끝났네,
화려한 대지 위에서
오래 울고 있는 천사들이여
여기 위로의 말을 전하네
영혼은 슬픔의 황무지에 불과한 것,
기도를 멈추라
위로받을 수 없고
위로할 언어가 필요없다 해도
나는 헤아릴 수 없는 색채로 찾아오는
슬픔의 입술에
너무 오래 입을 맞추네
언제나
그러나 아무 곳에서도
나는 불붙은 입술
절규의 마술사,

희망의 폭발로 얼굴이 타버린
기도의 또 다른 이름이었네
최후의 성루에서
보라색으로 울고 있는 천사들이여,
약속과 배반은 한 몸이었으니
슬픔은 어떤 것과도 바꿀 수 없으니
희미한 기도를 멈추고 울음도 버려라
그대의 목소리는
부서진 나의 그림자,
지상에 깃들일 곳이 있다 해도
그곳은 떠나왔던 곳보다
더 멀고 비정한 꿈의 유형지,
너무 오랜 입맞춤으로 건조된 내 영혼은
종려나무 가지를 불태우고
푸른 울분과 고독은
나를 떠나
태양과 달을 지나가버렸네

허공의 구석에서

어느 날 속이 무너져
절벽을 이루면
나는 두려움 없이 허공으로 달려가리라

꽃도 그리움도 헤매었던 약속도
그 세찬 몰락도
나를 부르지 말라

귀는 녹아 버렸고
눈물은 타버렸네

부르지 말라
세상에 놓인 모든 길이 사라지고
이름은 부서졌네
기억의 집마저 거미처럼 떠나버렸네

붉은 손수건

내 울음은 지하수
푸른 물길이
하늘로
흐를 때까지,
오늘 새벽까지 울고
내일 밤까지
벙어리 구렁이처럼
울어서
붉은 손수건이 되었네

설춘雪春

그대는
소식이 없고
폭설만 찾아오네

꿈속에도
겨울이 있다면

어느 날,
먼 산
아득한 봄꽃도

눈길 따라
오고 있겠지

태양의 계절

마음에 걸릴 것 없는
좋은 시절이 있었다 해도
이제 문을 열어두고 안녕이라고 하자

바람의 경전이여
방랑의 꿈들이여
모든 덧없는 천사들이여

슬픔에 잠긴 그림자에게
오랜 시간이 지난 뒤에
언젠가 우리 다시 만나면
모든 것이 새로워진다고 말하자

슬픔이
스스로 만든 길로
태양의 계절이 찾아온다고

발문

설산의 눈부신 이마 같은 사랑의 시들
-사랑의 고통에 고통 받는 우리가 위로 받는다

정 호 승 (시인)

가끔 지난 청춘 시절의 사진을 찾아볼 때가 있다. 앨범에다 제대로 잘 정리해놓은 게 아니라 이런저런 봉투에 한꺼번에 집어넣은 것 중에서 이것저것 뒤져볼 때가 있다. 그렇게 사진을 찾아보다 보면 문득 잊고 있던 청춘의 어느 한 순간이 떠올라 가슴이 아리해지고 먹먹해질 때가 있다.

언젠가 사진을 찾아보다가 문형렬 씨와 함께 찍은 사진 한 장을 발견했을 때도 가슴이 먹먹했다. 그것은 1982년 조선일보 신춘문예 시상식을 마치고 함께 찍은 사진이다. 시상식장 벽면에 걸린 백두산 천지 사진을 배경으로 소설가 황순원 선생, 시인 박두진 선생이 책상 앞에 앉아 있고, 그 뒤로 문형렬, 나, 소설가 선우휘 선생(당시 조선일보에 재직하셨다) 선생이 서 있는 장면의 사진이다. 책상 위에는 '심사위원 박두진(朴斗鎭)'이라는 글씨가 쓰인 종이팻말이 놓여 있어 눈길을 끈다.

그해 조선일보 신춘문예에 문형렬 씨는 시가, 나는 단편소설이 당선돼 시상식에 함께 참석하게 되었다. 당시 문형렬 씨는 키가 크고 깡마른 모습을 한 장발의 미남 청년이었다. 그때 그를 처음 보고 내가 아직도 잊지 않고 있는 것은 그의 커다란 눈이다. 그는 눈이 너무 커서 겁 많은 한 마리 노루와 같은 눈빛을 하고 있었다. 저토록 맑고 착한 눈빛으로 이 험한 세상을 어떻게 살아갈 수 있을까 하고 염려가 될 만큼 그의 눈빛은 선하고 아름다웠다.

몇 십 년만에 그 사진을 들여다봤을 때도 그의 눈빛은 여전했다. 똑바로 앞을 응시하고 있는 그의 크고 맑은 눈빛을 한참 동안 들여다보면서 나는 그가 그 눈빛을 지키기 위해 그동안 많은 삶의 고통을 겪었으리라 하는 생각이 들었다.

사람은 삶의 환경에 따라 눈빛도 달라진다. 환경이 험하고 삭막하면 눈빛 또한 그렇게 되기 마련이다. 그러나 삶의 환경이 아무리 험난하고 고통에 차 있었다 하더라도 그의 눈빛은 그대로다.

이번 시집 『해가 지면 울고 싶다』를 읽어보면 그렇다. 이 시집은 그의 노루 같은 눈빛의 심정이 바탕이 되어 써진 시다. 그의 시는 애절하다 못해 통절하다. 그는 항상 타자에게 자신을 던져줌으로써 버린다. 버린 후에는 아무것도 얻고자 하지 않는다. 아무것도 얻지 못할지라도 그의 시는 그러한 사랑의 본질적 희생의 연장선상에 놓여 있다. 「쌍봉낙타」 「강물에 물어보라」 「망설춘사(望雪春寺)」 「외로운 사람은」 「회색양복」 등 어느 작품 하나를 굳이 지적해서 말하지 않더라도 그의 시는 영원한 사랑의 희생적 자세가 그 바탕을 이룬다.

그래서 그의 시는 고통스럽다. 마치 곡비의 울음 같은 그의 시를 읽다 보면, 나도 모르게 소리 내어 읽어가다 보면 눈물이 나 계속해서 더 이상 읽을 수 없다. 시집을 덮고 차를 끓여 들거나 창밖의 먼 산을 오랫동안 바라보아야 한다. 청년 시절부터 장년이 다 된 오늘에 이르기까지 문형렬 시인의 생애가 한순간에 다 느껴져 시집에서 펼쳐져 오는 그의 삶의 풍경은 아름답지만 고통스럽다. 마치 바라볼 수는 있으나 오를 수 없는 영원한 설산의 눈부신 이마 같다.

물론 사랑은 고통이다. 사랑과 고통은 동의어다. 고통 없는 사랑은 없다. 사랑하면 이 시집에서처럼 고통스러운 것은 당연하다. 그러나 우리는 사랑은 원하되 고통은 원하지 않는다. 그것이 진정한 사랑의 자세가 아니라는 것을 잘 알면서도 고통은 원하지 않고 사랑만 원한다. 그렇지만 문형렬 씨는 이번 시집에서 고통 없는 사랑은 이미 사랑이 아니라는 것을 확연히 깨닫게 해준다. 사랑하는 '너와 나'와의 관계에서 처음부터 끝까지 미움을 선택하지 않고 사랑을 선택한다. 그

선택의 고통의 기쁨을 노래한다.

그 기쁨, 그리움과 기다림에서 오는 고통의 기쁨이 어쩌면 이
토록 애절할 수 있을까. 그러나 그는 기다리되 아파하지 않고, 그리워
하되 안타까워하지 않고, 슬프되 눈물 흘리지 않는다. 그는 외로운 사
람이되 외롭지 않고, 고독한 시인이되 고독하지 않다.

문형렬은 사랑의 시인이다. 그의 시는 책임과 희생과 용서와
비논리라는 사랑의 본질에 뿌리를 내리고 끊임없이 피어난 눈물의 꽃
이다. 이 시집은 그의 시인으로서의 모성이 바탕이 된, 사랑하는 이에
대한 희생적 헌시이며, 한없는 사랑의 찬가다.

시와 소설을 겸비한 작가인 그는 한때 소설만 쓰는 듯해서 안
타까운 점이 있었다. 그러나 이제 이 시집을 보고 나는 생각한다. 그는
역시 시인이다. 그 선한 노루 같은 눈빛의 시를 쓰고 있어 평생 사랑의
고통에 고통 받는 우리가 위로받는다.

문형렬文亨烈

경북 고령에서 태어나
1982년과 1984년 조선일보
신춘문예에 시와 소설이 각각
당선되어 문단에 나왔다.
시집으로 『꿈에 보는 폭설』(청하),
장편소설로 『바다로 가는 자전거』(문학과지성사),
『눈먼 사랑』(열음사), 『연적』(문학세계사),
『어느 이등병의 편지』(다온북스) 등이 있다.
2012년 현진건문학상을 받았다.

해가 지면 울고 싶다

초판 1쇄 발행일 2013년 10월 30일
지은이 문형렬
그린이 이영철
펴낸이 안병훈
디자인 조의환
펴낸곳 도서출판 기파랑
등록   2004년 12월 7일 제300-2004-204호
주소   서울 종로구 동숭동 1-49 동숭빌딩 301호
전화   02-763-8996(편집부), 02-3288-0077(영업부)
팩스   02-763-8936
이메일 info@guiparang.com
ⓒ 문형렬, 2013
ISBN 978-89-6523-900-0
값 11,000원